PENSÉES SECRETTES, ET OBSERVATIONS CRITIQUES

attribuées

à feu M. de Saint-Hyacinte.

Il y a plus de préjugés utiles à la plupart des hommes qu'il n'eſt de vérités qu'il leur ſoit toujours avantageux de connoître.

ANON.

1735.

à LONDRES
MDCCLXIX.

PENSÉES SECRETTES ET OBSERVATIONS CRITIQUES

attribuées à feu Mr. de Saint-Hyacinte.

I.

DU DOUTE.

Non ſeulement les doutes en matiere de Religion ne ſont point des impiétés, mais ils ſont au contraire autant d'actes de Religion lorſque n'étant point les effets de l'orgueil, ils ne ſont que ceux d'une ignorance invincible, & ne naiſſent que de la ſeule crainte de déplaire à Dieu par l'abus de la raiſon.

2.

La Raiſon humaine ſuppoſe dans l'uſage de ſes lumieres une conformité avec la Raiſon ſouveraine qui eſt Dieu: Or être forcé d'une part d'admettre cette conformité, & ſuppoſer de l'autre que l'Etre Suprême exige de nous le sacrifice de nôtre raison, c'est soutenir que Dieu veut, & ne veut pas tout ensemble, c'est admettre une contradiction palpable. *

3.

Dès que je renonce aux lumieres de ma raison je n'ai plus de guide pour me conduire; je ne puis que partir d'un principe intermédiaire, & supposer ce qui est en question.

4.

On ne considere pas assez jusqu'à quel point il est essentiel de convenir de la valeur des termes dans toutes les discussions soit Philosophiques soit Théologiques. Qui s'aviseroit par exemple de représenter à un Théologien de l'Eglise Romaine que dire, il faut soumettre les lumieres de la raison à la foi, c'est dire, il est raisonnable d'être déraisonnable, auroit bien de la peine à le lui persuader; & il est pourtant très-certain que cette proposition ne signifie pas autre chose; car n'est-il pas vrai que d'un côté il est

* Un Anglois célebre disoit au sujet du sentiment dans lequel sont les Théologiens Catholiques, que Dieu exige de nous le sacrifice de nôtre raison encore que nous la tenions de lui; que nous faisions de la Divinité un joueur de gibeciere qui escamote ce qu'il a donné.

conſtant que la raiſon éprouve une répugnance auſſi invincible que naturelle à adopter à titre de vérités les dogmes de la foi, & que d'un autre côté il eſt également conſtant que ces expreſſions, *il faut*, & *la raiſon veut*, ſont ſynonimes? Au lieu de ces mots, *il faut*, ſubſtituez ceux-ci *la raiſon veut*, & vous ſerez forcé de convenir que les Théologiens Catholiques partent d'un principe auſſi ridicule qu'abſurde, puiſque la propoſition ſuſdite bien entendue eſt équivalente à celle-ci: *Il eſt raiſonnable d'être déraiſonnable.*

5.

DE LA FOI.

Il eſt faux que la Foi ſoit un don de Dieu: ce qu'on appelle Foi eſt un principe chimérique & qui n'exiſte point dans la nature: d'ailleurs deux dons de Dieu ne peuvent être contradictoires; or il eſt hors de doute que la raiſon eſt un don de Dieu: donc ayant démontré ſon incompatibilité avec la foi, il s'enſuit que la premiere ne peut être un don de l'Etre ſuprême.

6.

A la vérité, Nicole, Paſcal, & d'au

tres Théologiens ont ſoutenu que la Foi n'eſt point contradictoire avec la raiſon, mais au contraire qu'elle lui eſt ſupérieure, comme ſi l'incompréhenſibilité n'étoit pas un attribut commun à tout ce qui eſt vraiment myſtérieux, & à tout ce qui eſt abſurde. Paſcal, Nicole, & d'autres Théologiens ont donc ſuppoſé ce qui eſt en queſtion; car lorſque pour donner plus de poids à leur ſentiment ils alleguent une révélation fondée ſur des faits merveilleux, ils retombent dans une nouvelle inconſéquence, puiſque les autres Religions s'appuyent également pour la plupart ſur une prétendue Révélation, ſur des miracles &c.

7.

Et qu'on ceſſe d'alléguer ici les bornes de la raiſon humaine comme un motif légitime & indiſpenſable d'en faire le ſacrifice à la Foi. Egaré dans une forêt immenſe au milieu des ténebres de la nuit, je n'ai qu'une lumiere inſuffiſante pour me conduire dans toute la route que j'ai à faire, mais qui me ſert néanmoins de guide, & m'empêche de m'égarer, au moins pendant un certain tems. Un inconnu ſurvient qui après avoir éteint ma bougie eſſaye de me perſuader que je dois en voir plus clair: Image naïve des Chrétiens & de leurs Théologiens tout ensemble.

8.

De ce que la raison humaine est une émanation de la raison souveraine qui est Dieu, il s'ensuit que tout ce que ma raison m'ordonne, ou me défend de croire, c'est Dieu même qui m'ordonne ou me défend de le croire.

9.

DES PREUVES DE FAIT.

Un millier de preuves de fait ne peut jamais former l'équivalent d'une seule objection tirée de ces notions primitives que nous apportons en naissant.

10.

DES DOGMES DES THEOLOGIENS CATHOLIQUES.

Tout Dogme qui a besoin pour être constaté d'un ou de plusieurs in-folio me devient suspect par cela seul; le propre de l'Evidence est de frapper l'esprit d'un seul trait de lumiere.

11.

M. Nicole est Auteur d'un Traité

dans lequel il s'est efforcé de prouver qu'il y a des preuves de fait équivalentes à des démonstrations métaphysiques ; il eût été dispensé de se mettre en frais pour établir sa proposition si elle portoit sur un principe évident.

12.

En échange de la raison, les Théologiens Catholiques offrent des motifs de crédibilité, dont l'évidence, disent-ils, prouve la suffisance ; mais quelle plus forte preuve de l'imposture & de l'ignorance de ces Théologiens, ainsi que de la frivolité de ces motifs, que ces discussions immenses qu'ils entraînent nécessairement avec eux, discussions qui de tout tems n'ont servi qu'à confirmer la vérité de cette maxime : *Chercher à connoître est souvent apprendre à douter !*

13.

Diversité d'opinions, incertitude de connoissances : diversité de Religions, incertitude de la véritable. *

14.

DU MERITE ET DU DEMERITE.

Le mérite & le démérite ne peuvent

* Milord Rochester interrogé de quelle Religion il étoit, de celle des honnêtes gens, répondit-il, de celle qu'ils ne disent pas.

s'appliquer qu'aux penchans du cœur. Né libre, je puis résister par l'effet de ma volonté à une passion qui m'est chère, auquel cas je mérite, ou m'y livrer sans mesure, auquel cas je démérite; mais le consentement, ou le refus de l'esprit d'adopter comme vrais tels & tels dogmes ne peut être susceptible de mérite ni de démérite, parce que toute la bonne volonté du monde ne peut rendre à la raison aucun service à cet égard, & ne peut lui faire voir l'évidence où celle-ci n'est pas, ni l'empêcher de la voir où elle est. *Nemo credit invitus.* St. Bern.

15

D'ailleurs, comme il n'est point d'action vertueuse qui ne soit accompagnée d'une satisfaction intérieure qui en est la récompense, il n'en est point de criminelle qui soit toujours à l'abri des remords dont ils sont la punition; *raro antecedentem scelestum deseruit pede pœna claudo.* Or l'esprit avoue sans remords la répugnance qu'il éprouve à admettre telles & telles propositions à titre de vérités: donc cette répugnance ne peut devenir la matière d'un véritable péché: donc il est faux que le mérite & le démérite puissent être appliqués avec fon-

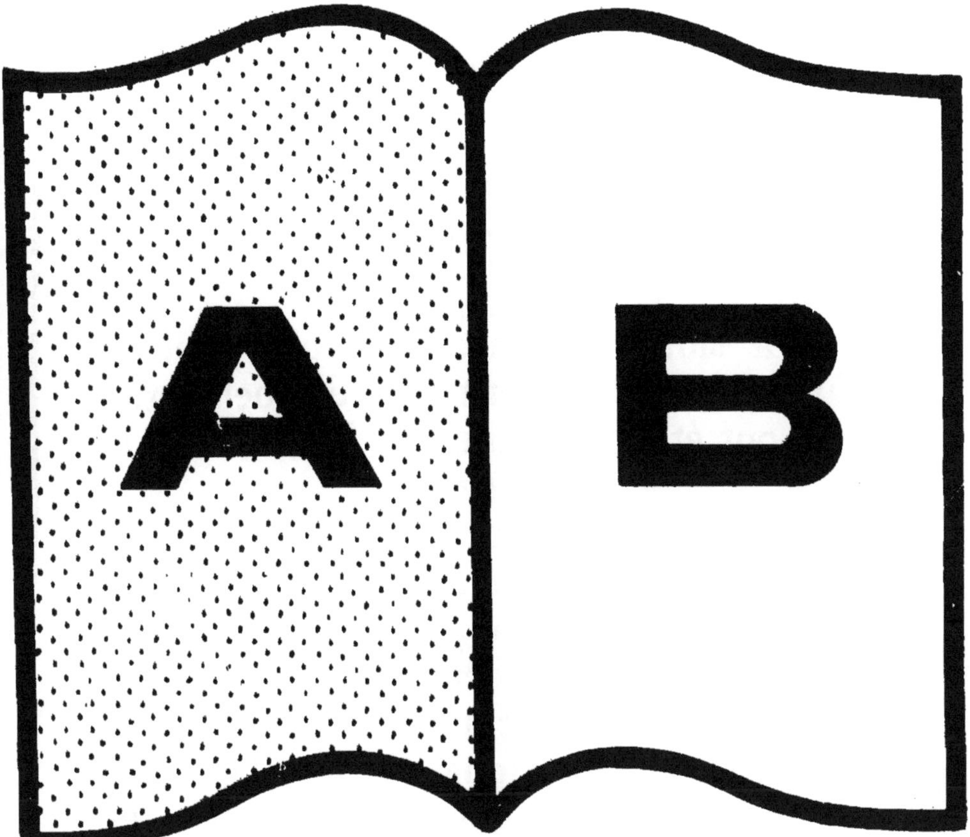

dement aux déterminations de l'esprit, & attachés à son refus ou à son acquiescement à l'égard des dogmes qu'on lui propose à croire.

16.

DE LA GRACE.

S'il faut une grace particuliere pour faire une action méritoire, de quelle utilité ont été les mérites de Jésus-Christ?

17.

Une preuve que ce n'est pas la conviction, mais l'ignorance & la crainte seules qui produisent la foi, c'est que s'il étoit possible de persuader à un Catholique que de quelque façon qu'il pensât, il ne courroit aucun risque de son salut, il n'en est pas un qui persistât dans sa croyance.

18.

DE LA RELIGION.

La Religion intéressant indistinctement tous les hommes doit avoir un caractere d'évidence propre à convaincre l'ignorant & le sçavant. Or nulle Religion dominante n'a le caractere d'évidence; donc nulle Religion dominante n'eſt la véritable ; donc la véritable eſt entiérement renfermée dans les devoirs preſcrits par la loi naturelle, qui ſont à la portée de tout le monde.

19.

DES PREUVES DE FAIT.

De ce que les preuves de fait ne peuvent tenir que le ſecond rang dans l'ordre des connoiſſances humaines & que ces ſortes de preuves ne peuvent être démontrées par la raiſon, il s'enſuit qu'il n'a pû être de la ſageſſe de l'Etre ſuprême d'y avoir attaché les caracteres de la véritable Religion.

20.

De ce que les preuves de fait ne peuvent être conſtatées par la raiſon, il s'enſuit 1°. que plus elles ſont anciennes, plus la raiſon eſt autoriſée à les révoquer en doute. 2°. Que ſi elles ſont fondées ſur des miracles, le merveilleux qui les accompagne offre à l'eſprit la matiere d'un nouveau pyrrhoniſme. Or ces deux conſidérations ſont trop fortes pour ne pas rendre ſuſpects les faits Evangéliques ; d'où il réſulte que l'on ne peut les regarder avec fondement comme de ſolides preuves de la véritable Religion,

& par une seconde conséquence qu'elle réside toute dans la pratique de ces devoirs prescrits par la loi naturelle que le doigt de Dieu a gravée dans tous les cœurs en caracteres ineffaçables.

21

DE LA VERITÉ.

Si la Vérité étoit faite pour les hommes, l'Etre suprême ne l'eût pas sans doute enveloppée de tant de nuages, & c'est une erreur grossiere de croire que de sa connoissance ou de son défaut de connoissance puisse toujours dépendre le bonheur ou le malheur de l'homme soit dans cette vie soit dans l'autre. En effet qui doute que la plupart d'entr'eux ne deviennent incapables de l'acquérir, soit parce qu'ils sont asservis par les besoins de la vie, soit parce qu'ils sont entraînés par les préjugés de l'éducation, ou tyrannisés par leurs passions? D'ailleurs combien d'ignorans d'une ignorance invincible, & d'esprits également incapables de saisir le vrai par un défaut de justesse! Or Dieu ne peut rien ordonner aux hommes qui ne leur soit possible. Si je suis né Pigmée, puis-je croire qu'il me punira pour n'avoir pas eu la taille d'un Géant? Et les principes de la Religion Chrétienne étant inséparables d'une foule de discussions supérieures à l'intelligence de la plupart des hommes, quelle Religion doit paroître plus étrange que celle qui attache le salut de ses sectateurs à la connoissance de ces points de critique?

22.

La Religion de Jésus-Christ annoncée par des ignorans a fait les premiers Chrétiens; la même Religion expliquée par la plupart des sçavans ne peut faire que des Sceptiques.

23.

DES PREJUGÉS DE L'ENFANCE.

D'un Mahométan, les préjugés de l'enfance empêchent de faire un Catholique: d'un Catholique, les mêmes préjugés d'éducation empêchent de faire un Mahométan, & *vice versâ* de toutes les autres sectes.

24.

DE L'EXAMEN DE LA VERITE' D'UNE RELIGION.

La diversité des Religions semble d'abord forcer tous les hommes à s'assurer de la véritable par l'examen de chacune en particulier, mais comme la plupart d'entr'eux sont incapables de le faire avec fruit, il faut en conclure que les vérités essentielles au salut sont entiérement renfermées dans les préceptes de la loi naturelle dont l'évidence est telle que personne ne peut prendre le change à cet égard sur l'intention de l'Etre suprême. Soit dominantes, soit particulieres; mais sans la force de ces préjugés, toutes se réuniroient pour adopter le pur Déisme & les préceptes prescrits par la loi naturelle: d'où il s'ensuit que cette Religion est la seule essentielle, & la seule vraye que les sectaires de toutes les autres embrasseroient infailliblement sans le crédit qu'ont sur l'esprit humain les préjugés reçûs. *

25.

DE L'AUTORITE'.

On objecte que la soumission à une autorité reconnue dispense l'ignorant ainsi que le simple fidele de tout examen;

* Il est aisé de s'appercevoir que l'Auteur applique ici aux Déistes l'argument que M. Diderot, dans ses Pensées Philosophiques applique aux Juifs.

maïs comme il n'eſt point de Religion, ſoit dominante ſoit particuliere, qui ne s'appuye ſur une prétendue autorité que chacune d'elles annonce comme infaillible, il eſt indiſpenſable d'en conclure la néceſſité d'un examen de ces différentes autorités pour reconnoître la vraye & s'y ſoumettre en réjettant toutes les autres comme inſuffiſantes & l'ouvrage ſeul des hommes.

26.

DES MIRACLES.

Si les miracles ſont des preuves efficaces de la vérité d'une Religion, ceux qu'a opérés Eſculape de l'aveu de toute l'antiquité, ne peuvent-ils pas balancer le reſpect dû aux miracles de Jéſus-Chriſt? Celui du raſoir rapporté dans Cicéron militeroit également en faveur de l'hiſtorien qui en fait mention.

27.

Il eſt auſſi ſûr que deux & deux font quatre que Céſar a exiſté, & il eſt auſſi ſûr que deux & deux font quatre que Jéſus-Chriſt a exiſté; *Eſto*. Mais de ce qu'il eſt auſſi ſûr que deux & deux font quatre que Jéſus-Chriſt a exiſté, s'enſuit-il que les miracles qu'on lui attribue ſoient auſſi certains que la preuve de ſon existence? Non ſans doute: parce qu'il ne répugne point à la raiſon que Jéſus-Chriſt ait exiſté, & qu'elle éprouve une répugnance très-forte à tenir pour vrais des faits merveilleux, 1°. très-ſuſpects à cauſe de leur ancienneté, 2°. parce qu'ils ſont contradictoires avec l'ordre naturel des choſes.

28

Je ne puis admettre des preuves de fait fondées ſur des miracles contradictoires entr'eux. J'ouvre l'hiſtoire, & je lis dans la vie de M. de Turenne que le feu ayant pris à une maiſon, des perſonnes pieuſes allerent prendre le St. Sacrement dans une Egliſe, & qu'à l'inſtant l'incendie ceſſa.

M. de Turenne aſſure lui-même avoir été témoin de ce fait; *Eſto.* Mais je lis auſſi dans l'hiſtoire qu'un Moine ayant empoiſonné une hoſtie conſacrée, il en communia un Empereur d'Allemagne qui ne l'eut pas plutôt avalée qu'il en mourut ſur le champ: ceci poſé, je demande, s'il eſt vrai qu'après la conſécration il n'y ait plus que les apparences du pain qui ſubſiſtent, comment il a pû ſe faire que le poiſon ſe ſoit incorporé & ait été inhérent aux apparences ſeules de cette hoſtie: car de ſoutenir qu'il a pû s'incorporer au corps de Jéſus-Chriſt, cela eſt horrible à penſer. De quelque maniere que l'on décide le cas, il réſulte toujours ou l'impoſſibilité dans une portion de matiere d'être inhérente à des accidens, ou la néceſſité de nier le myſtere de l'Euchariſtie: en effet ſi après la conſécration de l'hoſtie les apparences ſeules du pain & du vin ſubſiſtent, le pain une fois conſacré ne pourroit plus ſe moiſir, le vin une fois conſacré ne pourroit plus s'aigrir, & cependant c'eſt un fait certain que l'un ſe moiſit & l'autre s'aigrit après la conſécration; & voilà ce que c'eſt que des preuves de fait fondées ſur de prétendus miracles.

29. DE LA DIVINITÉ DE JESUS-CHRIST.

De ce que Jéſus-Chriſt s'eſt dit fils de Dieu on en conclud qu'il eſt Dieu comme ſon Pere, & en ce cas tous les hommes doivent être regardés comme autant de Dieux, puiſque dans le ſens ſtrict nous ſommes tous Enfans de Dieu, en ce que nous tenons de lui nôtre exiſtence & que nous ſommes créés à ſon image.

30.

CONTRADICTION D'UN PASSAGE DE L'ECRITURE AVEC LE SENTIMENT DES THEOLOGIENS CATHOLIQUES.

Il est dit dans St. Luc que Dieu le Pere est plus grand que Jésus-Christ, *Pater major me est:* cependant au mépris d'un passage si formel l'Eglise a prononcé anathême contre ceux qui le prendront à la lettre.

31.

L'obscurité des SS. Ecritures m'induit en erreur, elles ne sont donc pas divines.

32.

DE LA TRADITION.

Je ne puis que perdre en me soumettant à l'autorité de la Tradition; dès-lors en proye aux sentimens particuliers de 70 interprêtes, mon esprit *incidit in Syllam cupiens vitare Carybdim.* Je ne balance plus à reprendre ma raison & à la faire rentrer dans ses droits; seroit-il juste en effet que je l'échangeasse contre de pures opinions?

33.

DES INTERPRETATIONS DE L'ECRITURE.

Lorſqu'on allegue que c'eſt la Letre qui tue & que c'eſt l'Eſprit ſeul qui vivifie, j'admets pour un moment l'axiome, mais je dis enſuite: quelles interprétations ne deviennent point arbitraires faute de pouvoir établir par des paſſages tirés des Saintes Ecritures le droit que l'on a de faire des interprétations, & quels paſſages ſeulement en ſont ſusceptibles? Enfin quels autres doivent être pris à la lettre? Ce n'eſt pas ſans raiſon que l'on a dit il y a longtems pour la premiere fois que tout Prêtre étoit ou un imbécille, ou un impoſteur.

34.

PUERILITÉ REMARQUABLE D'UN PASSAGE DE L'ECRITURE.

Tu es Petrus, & ſuper hanc petram ædificabo Eccleſiam meam.

Matth.

Tu es Petrus ne ſignifie pas plus que *tu es Joannes*, & en ce cas il n'y a aucun ſens raiſonnable dans cette phraſe. Si on allegue que *Petrus* fait alluſion à *petram* j'oſe dire qu'elle eſt ſi puérile & ſi indigne du langage d'un Dieu, que cette obſervation ſuffit pour être autoriſé à révoquer en doute la divinité des Ecritures.

35.

Si j'en crois un paſſage de l'Ancien Teſtament, toutes les ames ne ſont pas immortelles. *Anima impii peribit.*

Eccleſ.

36.

In dolore paries.

Gen.

Les Théologiens concluent de ces paroles de la Géneſe que les douleurs de l'enfantement ſont dans les femmes une ſuite du péché originel; mais que nous répondront-ils lorſque nous leur objecteront que leur ſentiment eſt dénué de toute eſpece de fondement, puiſque les femelles des animaux qui ne peuvent être coupables de ce péché ſouffrent les mêmes douleurs lorſqu'elles mettent bas?

37.

DU PECHÉ ORIGINEL.

L'Ancien Teſtament paroît détruire le dogme du péché originel; on y trouve écrit que l'iniquité du pere ne rejaillira point ſur le fils.

38.

RESTRICTION DES DROITS DE L'EGLISE.

L'Egliſe ne peut avoir acquis le droit d'établir à titre de Dogmes fondamentaux de la Religion ceux dont il n'eſt point fait une mention expreſſe dans les Livres Saints. On devine aiſément que cette remarque concerne la matiere de la Grace, & celle de la Prédeſtination, ainſi que beaucoup d'autres qu'on auroit dû laiſſer à la merci des Ecoles. L'autorité des Peres de l'Egliſe que l'on allegue contre cette obſervation ne peut la détruire puiſqu'on ne ſcauroit prouver que Jéſus-Chriſt les ait établis pour créer des Dogmes qui ne ſont pas relatifs à ceux de ſon Evangile.

39.

Si Ecclesiam non audierit, sit tibi sicut Ethnicus & Publicanus.

Matth.

Il n'est point de passages dont les Evêques Juges de la foi, Juges, dis-je, & Parties tout ensemble sur cette matiere, ayent plus visiblement abusé que de celui-ci. Toutes les fois que ces Mrs. ont trouvé des obstacles aux vues secrettes de leur ambition & de leur intérêt, ils ont essayé d'en imposer à ceux qui ont cherché à en arrêter les progrès, par le bruyant étalage de ces grands mots *si Ecclesiam non audierit* &c.

40.

OBJECTION

Contre un passage de St. Matthieu.

Estote perfecti sicut Pater meus cœlestis perfectus est.

Matth.

La fragilité humaine ne comporte point ce haut dégré de perfection auquel le Législateur des Chrétiens leur ordonne d'atteindre; sûr que les hommes ne rabattront que trop dans la pratique de la ſévérité du précepte, il paroît imiter l'exemple de ces marchands qui ſurfont leurs étoffes dans la ferme perſuaſion où ils ſont que ceux qui les leur acheteront ſont toujours diſpoſés à ne les eſtimer qu'au deſſous de leur prix.

41.

REMARQUE

Sur le Dogme qui ordonne de croire qu'il y a beaucoup d'*Appellés*, mais qu'il y aura très-peu d'*Elus*.

Multi Vocati, pauci Electi.

Matth.

Le ſens de ces paroles eſt plus que ſuffiſant pour faire douter qu'elles ſoient le langage de l'Etre ſuprême; priſes à la lettre elles feroient penſer que le Royaume des cieux eſt une eſpece de Lotterie à laquelle tous les hommes ſont moins invités que contraints de mettre par celui qui diſpoſe de tous les Lots, & quoiqu'il ait prévû que ſur un million d'hommes à peine il y en aura un qui puiſſe y gagner. Cette Lotterie céleſte differe encore de celles qui ſont établies par les hommes, dans lesquelles s'il arrive que la chance ne soit pas heureuse, la perte de l'actionnaire ne le livre pas à un désespoir éternel....

42.

DES PÉCHÉS
Contre le Saint-Esprit.

Il est dit dans St. Matthieu que les Péchés contre le St. Esprit ne seront remis, ni dans ce monde-ci, ni dans l'autre.

OBSERVATIONS.

1°. Ces Péchés ne sont point définis : Le moyen de croire qu'un Législateur que l'on dit être Dieu même traite ou défende des crimes dont il ne donne aucune définition? Il est vrai que le sentiment des Théologiens est que ces Péchés consistent dans l'impénitence finale, mais une conjecture n'est point une démonstration. 2°. Si ces Péchés ne sont remis ni dans ce monde-ci ni dans l'autre, voilà la porte ouverte au désespoir. A la vérité les mêmes Théologiens interprêtent, pour échapper à cette objection, le *nunquam remittuntur* du Texte Hébraïque par *difficilè remittuntur.* Mais si pour éviter la conséquence qui résulte du sens littéral de ce passage, conséquence contraire à l'idée que nous avons de la bonté de l'Etre suprême, si, dis-je, ces Théologiens se croyent autorisés à en faire des interprétations à leur guise, pourquoi a-t-on disputé à Calvin le droit d'interpréter aussi les paroles Sacramentelles, *Hoc est corpus meum*, par ces autres paroles qui sont de Jésus-Christ même, *Hoc quotiescumque feceritis in mei memoriam facietis*; puisqu'il s'agit également d'éluder le sens littéral de l'article de foi qui est le plus absurde aux yeux de la raison?

43.

REMARQUE

Sur le Péché Originel.

Si le Péché Originel est une chimere, pourquoi Dieu a-t-il permis qu'il passât parmi nous pour un Dogme de Religion, & si c'est une vérité, pourquoi est-elle restée inconnue à tant de peuples?

44.

DE LA NATURE HUMAINE.

Dieu, en créant des hommes, n'a voulu faire que des hommes, c'eſt-à-dire des êtres qui ont des paſſions très-fortes & une raiſon très-foible. Dire que ces mêmes hommes ſont des composés de force & de foibleſſe, de petiteſſe & de grandeur, qu'ils joignent à leur goût pour la vérité un penchant naturel au préjugé & à l'erreur, également incompréhenſible, que l'on voit en eux un mélange de lumieres & de ténebres, c'eſt moins faire l'éloge & la ſatire du genre humain que le définir.

45.

Ce que nous enviſageons comme un déſordre dans la nature n'en peut être un; notre ignorance de l'ordre avec lequel l'Etre ſuprême régit l'univers nous fait admettre dans cette nature une imperfection qui ne peut y être, puiſque Dieu qui eſt la ſource de toute perfection en eſt l'Auteur.

46.

OBJECTION

Contre le Dogme du Péché Originel.

Le Dogme du Péché Originel renferme ce qu'on appelle *mera contradictio in terminis*; son existence est donc une chimere. *

47.

OBJECTION

Contre St. Paul.

Le raisonnement de St. Paul qui prétend que nous sommes tous nés coupables parce que nous étions tous en Adam lorsqu'il pécha, ce raisonnement, dis-je, est inconséquent, puisque c'est l'ame seule qui peut pécher, & que les ames n'engendrent point.

48.

Au rapport de M. de Fontenelle M. Rollin disoit que le Dogme du Péché Originel étoit dans la Théologie ce que l'hypothèse de la Matiere Subtile est dans la Philosophie; que comme en admettant l'existence de cette Matiere on par-

* Tout le monde sçait que la célebre Ninon disoit que c'étoit un Péché Original.

vient à expliquer les phénomenes les plus difficiles de la Philosophie, de même en établissant l'existence d'un Péché Originel on parvenoit à rendre compte de la source de ces contradictions étranges que l'homme éprouve entre ses sens & sa raison, contradictions sur lesquelles celle-ci interrogée garde un profond silence.

SUITE D'OBJECTIONS
Contre le Péché originel.

Mais je demande s'il m'est possible de croire l'existence d'un Dogme qui porte l'homme à se représenter l'Etre suprême comme moins juste que plusieurs de ses créatures, & c'est ce qu'il n'est pas difficile de décider.

49.

ARGUMENT
Contre les Prieres pour les Morts.

Les Prieres pour les Morts sont peut-être moins des actions de piété que des actes d'orgeuil. Qui sommes-nous en effet pour oser nous flatter qu'elles ayent la vertu de faire révoquer les arrêts de la Divinité à l'égard de ceux qui ne sont plus?

50.

Jésus-Christ, dit le Nouveau Testament, se retira sur le Mont des Olives, & *orabat*; ce qui veut dire, qu'il se prioit lui-même puisqu'il est Dieu. Quel sens!

51.

DE LA CONFORMITÉ PRETENDUE DES QUATRE EVANGELISTES.

C'est sans fondement que l'on cite la conformité des quatre Evangélistes comme une des meilleures preuves de la vérité de la Religion Chrétienne. Il n'y a que St. Jean qui fasse mention du mystere de la Trinité, & encore quelle obscurité n'entraîne pas avec soi l'Evangile de cet Apôtre sur l'existence du Verbe?

52.

DU MYSTERE DE LA TRINITÉ.

Il est très-certain que les Juifs n'ont point connu le Mystere de la Trinité: s'ils l'eussent connû, la nécessité d'y croire leur eût été imposée, & Moyse n'eût pas manqué de faire mention de ce dogme dans son Décalogue. D'ailleurs il faut considérer que les vrais mysteres sont éternels & non créés: or le mystere de la Trinité a été créé, puisque s'il ne l'eût pas été les Juifs l'eussent connu........

53.

Il est très-vraisemblable que ce sont les premiers Peres de l'Eglise dont la plupart étoient les Disciples de Platon, qui ont introduit dans le Christianisme le Dogme de la Trinité, & voici ce qui y a donné lieu. Platon, quoique convaincu de l'unité de l'Etre suprême, avoit coutume de le considérer sous un triple aspect, comme un Etre très-bon, très-sage & très-puissant: Le *Logos* de cet ancien Philosophe paroissant d'ailleurs synonime avec ce que l'Evangéliste St. Jean appelle *Verbe*, ces premiers Chrétiens ont essayé de concilier les trois personnes de la Trinité avec les trois attributs sous lesquels Platon désignoit l'Etre suprême, & dont un pur motif de politique l'empêchoit d'enseigner l'unité.

54.

S'il est vrai que les trois personnes de la Trinité ne soient ni ne puissent être des accidens, comme on n'en peut douter, il ſaut néceſſairement que ce ſoient trois Etres; ſi ce ſont trois Etres, ce ſont trois ſubſtances; ſi ce ſont trois ſubſtances, ce ſont trois Dieux. Or il ne peut y avoir qu'un Dieu: donc le Dogme de la Trinité porte ſur un principe faux. Mais, dit-on, c'eſt un myſtere; nous l'avons déja obſervé, tout ce qui eſt véritablement un myſtere exclud une abſurdité manifeſte: Or l'abſurdité du Dogme de la Trinité vient d'être démontrée, donc il n'eſt point un vrai myſtere; donc &c.

55.

En un mot Dieu le Pere depuis la chûte du premier homme a jugé ſa poſtérité digne d'une punition éternelle; Dieu le Fils au contraire l'a jugée digne de ſa miſéricorde, & il s'eſt offert à ſon Pere en qualité de victime pour expier le Péché Originel. Dieu le Pere & Dieu le Fils ont donc eu deux volontés différentes: Or où il y a diviſion de volonté il y a diverſité d'eſſence: donc Dieu le Pere & Dieu le Fils ſeroient deux Dieux puiſque leur eſſence ne peut être la même ſi leur volonté eſt différente. Donc le myſtere de la Trinité eſt abſurde en tout point.

56.

Cette pensée de M. Pascal, *si la Religion Chrétienne est fausse, vous ne risquez rien à la croire vraye, mais si elle est vraye, vous risquez tout à la croire fausse*, ce raisonnement, dis-je, n'est d'aucun poids pour constater la vérité de cette Religion : pour qu'il pût militer en sa faveur, il faudroit que les hommes n'eussent qu'à opter entre la Religion Chrétienne & le pur Déisme, & que ces deux Religions partageassent seules tout l'univers. Car quel Théologien de toute autre secte, quel Iman par exemple ne pourroit pas dire à un Mahométan qu'il soupconneroit de Pyrrhonisme, *si la Religion de Mahomet est fausse, que risquez-vous à la croire vraye ; si elle est vraye, que ne risquez-vous pas à la croire fausse?*

57.

OBJECTIONS

Contre le Dogme de l'Eucharistie.

Si le Pain & le Vin sont les matieres essentielles pour renouveller l'institution de l'Eucharistie, pourquoi tant de climats dans l'univers où il ne croît ni bleds ni raisins ? Dans quel étrange embarras, par exemple, se trouvent des Missionnaires Catholiques lorſqu'ils veulent y exercer la plus importante fonction de leur miniſtere !

58.

C'eſt ſans doute une inſtitution fort ſinguliere que celle du Sacrement de l'Euchariſtie où Jéſus-Chriſt nous donne ſon corps. Pourquoi ? Pour nourrir nos ames qui ſont des ſubſtances ſpirituelles.

59.

Je ne ſcais dit le Baron de la Hontan, ce que c'eſt que Dieu qui fait mourir Dieu pour ſatisfaire à Dieu. *

60.

CONTRADICTION DE JESUS-CHRIST.

Jéſus-Chriſt a voulu ce qu'il n'a pas voulu, s'il eſt vrai qu'étant mort pour tous les hommes il ait attaché leur ſalut à la publication de l'Evangile ; car combien de millions d'hommes ſont morts dans l'intervalle à qui il n'a pas été poſſible de le recevoir ! donc &c.

61.

Quelque révoltant que paroiſſe le Dogme de l'Incarnation, encore en voit-on

* Voyez ſes Voyages.

le *cui bono* dès qu'on admet l'exiſtence d'un Péché Originel ; mais on ne voit pas le *cui bono* de la métamorphoſe du Saint-Eſprit en langues de feu ou en colombe.

62.

De ce que St. Jean aſſure que le St. Eſprit a paru ſous la forme de langues de feu ou ſous celle d'une colombe, il s'enſuit ſeulement que cet Evangéliſte dit avoir vû ces langues de feu & cette colombe dans l'endroit où les Apôtres étoient aſſemblés, mais il ne s'enſuit pas que c'étoit véritablement le St. Eſprit qui eût emprunté ces deux formes pour ſe communiquer à eux. C'eſt une conſéquence qu'on ne peut tirer du texte même de l'Evangile ſans bleſſer les regles de la Dialectique ; Et quel homme d'ailleurs eſt digne d'être cru lorſqu'il cite & paroît croire des faits ſi indignes de l'idée que nous offre la majeſté de l'Etre ſuprême ?

63.

OBJECTIONS

Contre les deux Natures en Jéſus-Chriſt.

Les Théologiens Catholiques toujours féconds en ſubterfuges ont imagine né deux natures en Jésus-Christ, la nature divine & la nature humaine, & cela pour éviter de présenter à l'esprit l'idée révoltante d'un Dieu souffrant; mais c'est de leur part une supposition toute gratuite; les Livres Saints ne font nulle mention de ces deux natures.

64.

REMARQUE

Sur un passage de St. Paul.

L'*O altitudo divitiarum Dei* si familier à ces mêmes Théologiens n'est souvent que le masque de leur ignorance & le voile de leur imposture: que si la Théologie, ainsi que la Philosophie, a ses problêmes, qu'ils imitent du moins la conduite des Philosophes qui n'affirment ni ne nient dans tous les cas où la force des argumens contrebalance les propositions qu'ils voudroient mettre au rang des vérités incontestables, & que ces mêmes Théologiens cessent de se prévaloir du sage pyrrhonisme des premiers, comme ils le font toutes les fois qu'il leur arrive d'adopter l'affirmative dans les mêmes cas : car voilà leur raisonnement. Les objections que l'on forme contre la Religion Chrétienne n'en peuvent, disent-ils, détruire les principes, parce que ces argumens ne prouvent que la foiblesse de la raison humaine, puisque la philosophie qui est de son ressort est également en proye aux plus grandes difficultés. Eh! c'est précisément parce que la raison humaine est bornée qu'il faut bien se donner de garde de rien admettre qui ne soit soumis à l'évidence, & que de s'écrier *O altitudo divitiarum Dei*, où il y a contradiction manifeste, c'est ne prouver que son inconséquence & violer les regles de la saine Logique, puisque c'est admettre un mystere où il y a une absurdité palpable. Or un vrai mystere, & une absurdité manifeste sont deux choses bien différentes : donc &c. donc &c.

65.

DE LA LOI ANCIENNE ET DE LA LOI NOUVELLE.

Objections.

Il est absurde d'admettre deux Loix émanées de Dieu dont l'une soit devenue la perfection de l'autre. Il ne peut y avoir de progreſſion dans l'ordre des décrets divins puiſque l'Etre ſuprême n'agit que par un ſeul acte de ſa volonté. Il s'y ſoumet lui-même pour ainſi dire *ſemel juſſit, ſemper paret*; une loi nouvelle ſuppoſeroit dans l'Auteur d'une loi ancienne un légiſlateur qui ſe ſeroit raviſé par reflexion, & que les effets d'une malheureuſe expérience auroient rendu plus éclairé & plus circonſpect, ce qu'on ne peut dire ſans impiété & ſans abſurdité tout enſemble de Jeſus-Chriſt qui comme Dieu eſt le plus parfait de tous les légiſlateurs.

De ce qu'il eſt abſurde qu'il ait pu y avoir deux loix émanées de Dieu dont la ſeconde ait été la perfection de la premiere, il s'enſuit que les Juifs ſont fondés à rétorquer contre les Chrétiens le défaut d'ancienneté de Religion que ces derniers reprochent aux Proteſtans comme le caractere eſſentiel qui manque à la leur.

66.

OBJECTIONS

Contre l'exiſtence d'une Révélation Divine.

Il y a, dit-on, une Révélation Divine

parce que Dieu a parlé : Il faudroit d'abord prouver bien clairement qu'en effet Dieu a parlé, ensuite en conclure la nécessité d'admettre cette Révélation, & conséquemment l'obligation de s'y soumettre, & on ne fait rien de tout cela : on suppose ce qui est en question.

67.

C'est une erreur de croire que l'Etre suprême ait choisi certains hommes auxquels il lui ait plû de révéler des vérités inconnues au reste du genre humain pour les lui faire adopter par l'organe des premiers ; car s'il est vrai, comme on n'en peut disconvenir, qu'il soit naturel à la plupart des hommes de n'en pas toujours croire d'autres sur leur parole, on ne peut présumer raisonnablement que Dieu ait choisi cette voye de préférence pour leur faire connoître à tous les vérités dont il s'agit : en effet il ne me suffit pas que tel homme se dise inspiré de Dieu pour qu'il me persuade que les Dogmes qu'il m'annonce de la part de l'Etre suprême lui ont été révélés, il faut encore que Dieu me révele qu'il l'a choisi pour me faire part de sa révélation. Or on ne peut encore présumer que cela arrive jamais, parce qu'il est naturel de penser que Dieu auroit bien plutôt fait de révéler à chaque homme en particulier ce qu'il veut que tous ſachent, & cela par un ſeul acte de ſa volonté, que de le révéler à quelques-uns ſeulement pour charger ceux-ci de le révéler aux autres. Dieu en qualité d'auteur de la nature agit toujours comme elle par des voyes également ſimples & infaillibles.

68.

DES EVANGILES APOCRYPHES.

Objection

Contre les quatre qui nous reſtent.

De cinquante Evangiles qui ont été publiés depuis la mort de Jéſus-Chriſt, quatre ſeulement ont été adoptés; quelle plus forte préſomption pour les regarder tous comme les ouvrages de l'impoſture, & quels motifs plus raiſonnables pour regarder au moins comme très-ſuſpects ceux qui ſervent de fondement à la Religion Chrétienne! L'Evangile de l'Enfance écrit en langue Arabe & qui ſubſiſte encore aujourd'hui, renferme une puérilité remarquable. *Jéſus-Chriſt*, dit l'Auteur de cet Evangile, pour donner aux hommes *à teneris unguiculis* des preuves de sa puissance, *fabriquoit chez Joseph son Pere des oiseaux de bois qu'il animoit d'abord de son souffle & qui transformés ensuite en oiseaux véritables prenoient leur essor dans les airs.*

On a rejetté cet Evangile à raison des puérilités dont il est plein, disent les premiers Peres de l'Eglise; & le fait que nous venons de citer est du nombre de ceux qui ont déterminé à le proscrire comme apocryphe. Les quatre Evangiles qui ont été adoptés ont été jugés dignes de l'être parce que, disent les Théologiens, le merveilleux qu'ils renferment est d'un genre plus noble; assurément il ne faut pas moins que toute la force des préjugés de l'éducation pour se persuader que la métamorphose d'un Dieu en langues de feu ou en Colombe offre à la raison un objet de croyance moins révoltant que la fable des oiseaux de bois animés par le souffle de Jésus-Christ.

69.

OBJECTION

Contre un raisonnement de l'Abbé Houteville.

De ce que vous ne voyez pas, dit

l'Abbé Houteville, la liaison qui se trouve entre la vérité & les mysteres de la Religion Chrétienne, vous n'avez pas acquis le droit de les rejetter.

RÉPONSE.

Pour acquérir le droit d'établir la réalité de la liaison dont il s'agit, il faut que l'esprit la voye. Or, de deux choses l'une; si l'esprit la voit, il n'y a plus de mystere; s'il ne la voit pas, vous n'avez pas acquis le droit d'établir que cette liaison existe.

70.

Mais, ajoute le même Théologien, la Raison & la Foi ont chacune des droits séparés, & les objets de la premiere sont d'une classe différente de ceux de la seconde.

RÉPONSE.

C'est la même que la précédente: pour acquérir le droit d'établir cette différence, il faut que l'esprit la voye; s'il la voit, les objets de la foi deviennent de sa compétence & dès-lors cette différence n'est qu'une chimere; si au contraire il ne la voit pas, vous n'avez pas acquis le droit de la croire réelle & c'est une pure chimere dans les deux cas.

71.

La Religion Chrétienne n'eſt qu'un point mathématique dans l'univers en comparaiſon de toutes les autres, quoi qu'en puiſſent dire les plus zêlés de ſes partiſans. *

72.

OBJECTION

Contre les effets de l'adhéſion au Dogme du petit nombre des Elus mis en parallele avec celui des Réprouvés.

Je ne ſerois point ſurpris d'apprendre qu'un bon pere né Catholique, très-fortement perſuadé que ſa Religion eſt la ſeule dont la vérité ſoit démontrée, après avoir fait conférer le Baptême à ſes enfans ſe ſoit déterminé un beau jour à s'en défaire, je dis plus, qu'il s'y ſoit cru obligé par principe de Religion; car n'eſt-il pas vrai que tout pere eſt tenu de faire pour ſes enfans tout le bien poſſible? Or on ne peut nier que tout le bien poſſible ne conſiſte dans la poſſeſſion de ce bonheur éternel que ce pere aſſure à ſes enfans en les faiſant mourir

* L'Auteur de l'examen de la Religion Chrétienne a fait la même obſervation.

presqu'à l'instant de leur naissance, au lieu qu'il y a à parier cent mille contre un qu'en les laissant vivre, il les expose au danger de manquer leur salut: Et voilà le résultat de ces menaces terribles annoncées dans l'Evangile des Chrétiens, résultat dont la preuve bien constatée suffit pour empêcher d'y ajouter foi.

73.

OBJECTION

Contre le sentiment des Théologiens Catholiques qui soutiennent qu'on ne peut se sauver que dans la Religion Chrétienne.

L'idée que j'ai d'un homme de bien est antérieure à toutes celles qui peuvent naître en moi à l'occasion de toutes les Religions du monde. Or l'idée d'un homme de bien entraîne nécessairement avec elle l'image de la plus parfaite ressemblance que nous puissions avoir avec la Divinité. Quand j'examine d'après cette remarque les Dogmes sur lesquels est fondée la Religion Chrétienne, je m'apperçois que si je m'en rapporte à ces Théologiens, je suis contraint de regarder toutes les autres Religions comme fausses, parce qu'ils soutiennent que tous ceux qui ne sont point nés dans le sein du Christianisme n'auront jamais part à la vie éternelle : d'un autre côté néanmoins je conçois que je ne puis me dispenser d'admettre qu'il y a des gens de bien dans toutes les Religions, & la raison me dit que s'il y a un bonheur éternel il ne peut être réservé qu'à eux seuls, puisque nul n'en peut être plus digne dans l'autre monde que celui qui a mérité dans celui-ci d'être regardé comme l'image de l'Etre suprême, caractere qui ne peut s'appliquer qu'à l'homme de bien & qui, à proprement parler, en est la définition. Or je ne puis adopter les Dogmes de la Religion Chrétienne sans être tenu de croire qu'il y aura des gens de bien damnés, & même pendant toute une éternité ; & comme ma raison en considérant le résultat des Dogmes de la Religion Chrétienne sur cet article éprouve une révolte qu'il n'est pas en son pouvoir de détruire, cette considération la détermine naturellement à les rejetter, & par une conséquence inévitable à regarder comme chimérique la divinité des Ecritures qui renferment des Dogmes aussi incompatibles que celui dont il s'agit avec l'idée que nous avons de la bonté & de la justice de l'Etre suprême.

74.

OBJECTIONS DIVERSES

Contre le Dogme de l'éternité des peines.

Si l'ame, comme substance immortelle, est une portion de la Divinité, qu'on me dise ce que c'est qu'une portion de la Divinité qui peut devenir éternellement malheureuse.

75.

L'immortalité de l'ame est le comble de sa perfection, son apogée, & par conséquent celui de sa gloire, principe également incontestable, & incompatible avec le Dogme des peines éternelles dont il démontre la chimere.

76.

La nature dans les changemens perpétuels de ses individus tend toujours à sa perfection, *naturæ individua nunquam mutantur nisi in melius*; proposition incontestable, & incompatible avec le Dogme des peines éternelles.

77.

Le Dogme des peines éternelles suppose dans l'ame la possibilité de souffrir altération dans ſon eſſence, conſéquence abſolument contradictoire avec l'idée que nous avons de cette eſſence & celle d'une miſéricorde infinie; nouvelle preuve de l'abſurdité du Dogme dont il s'agit.

78.

Qui prouve trop ne prouve rien, *qui nimis probat, tum nihil*, diſent les Logiciens.

Le ſort d'un homme éternellement malheureux après ſa mort le mettroit dans le cas d'envier celui de la matiere impaſſible par ſa nature, conſéquence également révoltante & monſtrueuſe eu égard à la dignité de l'ame, & à ſa différence infinie avec la matiere.

79.

Un récompenſe éternelle eſt une grace à l'égard du plus juſte de tous les hommes, parce qu'il n'y a aucune proportion entre des mérites bornés & un bonheur éternel; des tourmens qui le feroient deviendroient une injuſtice même à l'égard du plus criminel de tous les hommes parce qu'il n'y a nulle proportion entre des crimes bornés par le tems, & des ſupplices ſans fin.

80.

Mais, dit-on, la Majeſté de Dieu eſt infinie, donc les outrages que nous lui faisons par la transgression de sa loi doivent être punis par des peines infinies.

RÉPONSE.

C'est précisément parce que la Majesté de Dieu est infinie qu'à parler strictement nous ne pouvons l'offenser infiniment : car, comme il n'est pas en notre pouvoir d'augmenter sa gloire, il n'est pas plus en notre pouvoir de la diminuer ; & comme nos mérites sont bornés, nos démérites le sont aussi. D'ailleurs il ne peut être de la bonté infinie de l'Etre suprême de permettre que nous puissions nous perdre pour toute une éternité.

81.

En effet si nous pouvions mériter des peines éternelles, ce ne pourroit être que parce qu'il dépendroit de nous de commettre tout le mal possible : or c'est ce qui n'est pas en notre pouvoir, car s'il étoit en notre pouvoir de commettre tout le mal possible, il en résulteroit qu'il seroit en notre pouvoir de traverser l'œuvre de Dieu, ce qui est impossible : donc &c.

82.

On objecte que nous pouvons commettre tout le mal possible par cela seul que nous déplaisons à Dieu toutes les fois que nous trangressons ses commandemens, ce qui est tout le mal possible, & que par conséquent nous nous rendons dignes des peines éternelles qui sont en ce cas la juste punition de tout le mal possible commis.

RÉPONSE.

On ne peut disconvenir que toutes les fois qu'il nous arrive de transgresser les commandemens de Dieu, nous ne commettions relativement à nous tout le mal possible; mais il n'en n'est pas moins vrai que relativement à Dieu nous ne pouvons commettre tout le mal possible, par la raison qui fait que nous ne pouvons faire tout le bien possible, & que, comme nous l'avons déja remarqué, nous ne pouvons rien pour augmenter sa gloire parce que nous ne pouvons rien pour la diminuer.

83.

Pressés par la force de ces argumens, les Théologiens Catholiques objectent qu'il faut regarder le Dogme des peines éternelles comme un mystere; mais nous l'avons observé plus d'une fois, un vrai myftere exclud une abfurdité manifefte, & il eft inconféquent de prétendre détruire une démonftration. Or nous avons démontré par les obfervations précédentes l'abfurdité réfultante du Dogme des peines éternelles: donc ce Dogme n'eft qu'une chimere, & n'eft point vrai myftere.

84.

Les mêmes Théologiens qui reprochent à ceux qui nient l'éternité des peines, de faire penfer l'Etre fuprême de la même façon que penfent les hommes, ces Théologiens, dis-je, font-ils bien fûrs de prêter à Dieu des fentimens plus dignes de lui lorfqu'ils le repréfentent occupé à tourmenter éternellement fes propres créatures pour l'expiation de crimes toujours bornés par le tems, & pour celle des fautes dont la plupart font les fuites naturelles de la fragilité humaine, & peut-être même les effets du tempérament? Que ces Meffieurs accordent, s'ils le peuvent, des fupplices infinis avec la néceffité d'admettre dans Dieu une miféricorde également infinie, ou plutôt que faute de pouvoir y parvenir ils abjurent un Dogme auffi injurieux à l'Etre fuprême, qu'injufte & contraire à l'idée que nous en donnent ſes adorables attributs.

85.

Mais ce qu'un Dieu ſe doit, Mortels, le ſçavez-vous?

Rac. Poëme de la Relig. *

RÉPONSE.

Et en ſçavez-vous davantage ô vous qui parlez de la ſorte? Et puiſque les reſſorts de la Juſtice Divine vous ſont inconnus, qui vous autoriſe à adopter un Dogme dont la Raiſon humaine que vous devez regarder comme une émanation de la Raiſon ſouveraine qui eſt Dieu, vous démontre l'abſurdité?

86.

Ceux qui s'accoutument à meſurer la Juſtice Divine ſur l'équerre de la Juſtice humaine ne conſiderent point que rien n'eſt plus conforme à l'idée que nous offre la grandeur de l'Etre ſuprême, & n'implique moins contradiction que le ſentiment de ceux qui ſoutiennent que Dieu

* Au rapport de M. de Fontenelle La Fontaine dit un jour à Madame de la Sabliere au ſujet des damnés; vous verrez, Madame, que ces gens-là ſe feront à leur état, & que le feu deviendra leur élément comme l'eau eſt celui des Poiſſons.

Dieu récompenſe par un bonheur éternel les mérites bornés de ſes créatures, mais qu'il ne punit point pendant une éternité des foibleſſes & des crimes toujours bornés pas le tems, quelque grandes que ſoient les unes, & quelque énormes que ſoient les autres, parce qu'il ne peut être véritablement offenſé par rapport à lui, & qu'il ceſſeroit d'être Dieu ſi nous pouvions diminuer ſa gloire par nos offenſes.

87.

Les juſtes & les pécheurs ſont également ſujets à la mort, afin que les premiers ſoient dédommagés de la néceſſité de s'y ſoumettre par une félicité ſans bornes, & que la vie des ſeconds ne puiſſe devenir la matiere d'un ſupplice éternel ſi elle n'étoit terminée par cette même mort qui borne leurs crimes.

88.

CITATION

du Texte Hébraïque contre le Dogme de l'éternité des peines.

Feu M. de P. Auteur de la Théorie des ſentimens agréables ſoutenoit que l'ignorance d'un Hébraïſme avoit introduit dans le Christianisme le Dogme des peines éternelles & que l'adjectif Hébraïque qui avoit été traduit par *éternel* ne signifioit autre chose dans la langue Juive que *de très-longue durée*, comme dans la même langue *soixante-dix fois sept fois* veut dire *toujours*, ce qui est un Hébraïsme d'une autre espece.

89.

SENTIMENT

Particulier de l'Auteur sur l'état des ames après la mort, il renchérit sur le système d'Origene.

Il est contraire à la justice de Dieu d'établir qu'il livre à des supplices éternels les plus grands pécheurs même (dont les crimes, comme nous l'avons remarqué tant de fois, sont toujours bornés par le tems) il est, dis-je, contraire à sa justice d'établir qu'il les punit pendant toute une éternité, parce que rien n'est plus digne de son extrême bonté que de récompenser par un bonheur éternel les justes dont les mérites, quels qu'ils puissent être, sont toujours bornés.

90.

En effet la création de l'homme suppose un décret divin dont le résultat ne peut être que de vouloir le rendre heureux; mais comme il est indispensable d'accorder ici la justice de Dieu avec sa bonté, il s'ensuit que la raison nous conduit à établir une gradation infinie dans tous les différens dégrés de cette félicité commune à tous les hommes sans exception d'un seul, mais félicité proportionnée aux différens dégrés de leur mérite ou de leur démérite, & qui est le résultat du décret par lequel seul Dieu peut remplir le but qu'il s'est proposé dans la création de l'homme.

Dans ce systême les plus grands pécheurs même ne sont point exclus totalement de la béatitude, mais ils n'y participeront qu'au dernier dégré, ils n'en jouiront même qu'en vertu de l'extrême miséricorde de l'Etre suprême, ce qui s'accorde merveilleusement avec sa justice en ce que 1°. Dieu ne les fera jouir que du dernier dégré de cette béatitude pour laquelle il a créé tous les hommes. 2°. En ce que si ces derniers n'en jouissoient pas il s'ensuivroit qu'il dépendroit de l'homme de traverser l'œuvre de Dieu parce qu'il seroit au pouvoir du premier de se rendre digne d'un malheur éternel ; ce qui est contraire à l'idée que nous avons de la bonté infinie de Dieu, & parce que dans le cas où il seroit au pouvoir de l'homme de se rendre éternellement malheureux, il seroit impossible à l'Etre suprême de remplir le but qu'il s'est proposé de rendre l'homme heureux en le créant *ad hoc.*

91.

Mais, dit-on, Dieu récompense en Dieu lorsqu'il récompense par un bonheur éternel les mérites bornés de ses créatures, & par cette raison il doit punir en Dieu, c'est-à-dire par des tourmens éternels les transgresseurs de sa loi : Conséquence misérable & indigne de l'idée que nous avons & que nous devons avoir de sa bonté infinie, de son infinie miséricorde & même de sa justice. 1°. Il répugne à cette justice qu'il punisse éternellement des crimes toujours bornés par le tems, quelque énormes que l'on puisse les supposer, comme nous ne cessons de le répeter. 2°. Etablir que Dieu prépare des supplices sans fin aux pécheurs même les plus endurcis, c'eſt ignorer la contradiction qui réſulte de ce ſentiment comparé avec le but que Dieu s'eſt propoſé dans la création de l'homme & qui ne peut être que de le rendre heureux, comme nous l'avons auſſi déja remarqué. 3°. C'eſt, ainſi que l'a obſervé un Ecrivain moderne, peindre Dieu ſous des traits plus affreux même que ceux que l'on employe pour déſigner cet Etre mal-faiſant que l'on nomme le Diable, puiſque ce dernier n'eſt que le miniſtre des volontés du premier.

92.

On objecte encore que la juſtice de Dieu eſt différente de celle des hommes, mais on ne conſidere pas que le caractere diſtinctif de cette juſtice & de cette différence conſiſte dans l'Etre ſuprême à récompenſer en Dieu, c'eſt-à-dire par un bonheur éternel des mérites bornés par le tems, mais qu'elle ne peut conſiſter à punir même les plus grands pécheurs par des ſupplices ſans fin, parce que cela ne peut s'accorder avec une miséricorde ni une bonté infinie, que cette juſtice conſiſte à ne punir que par des peines accidentelles des crimes que la mort borne néceſſairement, & qu'elle ne peut exclure de la béatitude aucuns pécheurs, mais que ceux-ci n'en peuvent jouir qu'au dernier dégré. Vérité qui conserve tous les droits de la justice & de la miséricorde Divine, sentiment qui répond à toute espece d'objections, & sans lequel on ne peut accorder le but que l'Etre suprême s'est proposé dans la création de l'homme, & qui ne peut être que de le rendre heureux.

93.

DE LA FOI

Particuliere à chaque Religion.

Il y autant d'especes de foi qu'il y a de Religions dans le monde, il faut donc admettre un principe supérieur qui me fasse distinguer la vraye foi d'avec les fausses; ce principe ne peut être que la raison qui dans ce cas sera supérieure à la foi.

94.

DE L'EXAMEN DE LA VÉRITABLE.

Des Mysteres.

Je suppose un homme dégagé de tout

préjugé d'éducation, & qu'un desir sincere de s'assurer de la vraye Religion détermine à les examiner toutes: Et d'abord dans quel étrange embarras ne se trouvera-t-il pas dès qu'il observera que ce qui passe pour un mystere dans l'une est regardé dans l'autre comme une pure rêverie, *& vice versâ* que ce que l'on regarde comme une absurdité dans celle-ci passe pour mystere dans celle-là.

L'impossibilité de faire un parallele d'un objet de croyance que l'on dit être un mystere avec d'autres articles de foi qui portent le même nom, le jettera dans la derniere perplexité; voici cependant le raisonnement que j'imagine être capable de l'en faire sortir, & qui me paroît devoir entrer naturellement dans l'esprit de l'homme supposé.

Les objets de croyance que l'on me propose d'adopter à titre de vérités sont ou autant de mysteres ou de pures absurdités; si ce sont de pures absurdités, je dois les rejetter avec mépris; si ce sont de vrais mysteres, puisque l'Etre suprême n'a pas jugé à propos de proportionner mon intelligence à leur hauteur, c'est une preuve bien sensible que son intention est que ces objets ne fasſent pas la matiere de l'exercice de ma raiſon; *quod ſupra me eſt, nihil ad me:* dans ces deux cas je dois me jetter dans les bras de l'indifférence.

95.

Quant à la morale j'avoue que l'homme ſuppoſé, touché d'abord de l'excellence de celle de Jéſus-Chriſt, lui donnera la préférence ſur les préceptes des autres légiſlateurs, ſur ceux de Mahomet, par exemple, ou ſur les maximes de Confucius.

On pourroit néanmoins objecter ici que les Sages de l'antiquité, tels que Platon, Socrate, Epictete, ne paroiſſent pas inférieurs à Jéſus-Chriſt ſur cet article, que tous ont preſcrit juſqu'au pardon des injures; ici les Théologiens Catholiques répondent que Jéſus-Chriſt eſt le ſeul Légiſlateur qui ait porté la ſévérité & la pureté de la morale au point de défendre juſqu'à la moindre penſée contraire à la chaſteté, & que les Sages du Paganiſme n'ont point été juſques-là, mais je laiſſe à apprécier à ſa juſte valeur cette objection à tous ceux que l'expérience a ſçû convaincre de l'étendue de la fragilité humaine.

96.

DISTINCTION

Des Myſteres.

Il y a deux ſortes de myſteres; les myſteres proprement dits, & les myſteres improprement dits. Les myſteres proprement dits ſont des objets de croyance ſupérieurs à l'intelligence humaine, mais dont elle ſent néanmoins la néceſſité d'admettre l'exiſtence: tels ſont l'éternité de Dieu, ſon immenſité, & généralement tous les attributs de la Divinité.

Les myſteres improprement dits ſont des objets de croyance monſtrueux, & qui par cette conſidération entraînent avec eux la révolte de la raiſon, mais que l'on a décorés du nom ſacré de *Myſtere* pour faire prendre le change aux eſprits inattentifs & bornés: tels ſont l'exiſtence d'un péché originel, celle d'un Homme-Dieu, celle d'un Dieu en trois perſonnes &c.

97.

La foibleſſe de la raiſon humaine formant à ſon égard la néceſſité d'admettre des myſteres, Dieu pour l'empêcher de prendre les vrais pour les faux, & les faux pour les vrais, lui a donné deux pierres de touche infaillibles ; ſon conſentement à l'égard des objets de croyance qu'elle juge à la vérité incompréhenſibles, mais dont elle ſent l'obligation d'admettre l'exiſtence : voilà ce qui caractériſe les vrais myſteres ; ſa répugnance invincible à adopter d'autres objets de croyance qu'elle trouve contradictoires : voilà ce qui caractériſe les faux ; & en effet cette révolte conſtante de ſa part ne peut être conſidérée que comme un avis ſalutaire que lui donne l'Etre ſuprême au ſujet du piége qu'on lui tend.

98.

LE PUR DÉISME EST LA SEULE RELIGION QUI EXISTE VÉRITABLEMENT.

Explication de cette Propoſition.

Le pur Déiſme eſt la Religion dominante de l'Univers, & la ſeule qui ſoit commune à tous les hommes. Pour bien entendre cette proposition il est à propos de distinguer ici deux sortes de Déistes, les Déistes simples, & les Déistes composés. J'appelle Déistes simples tous ceux qui après un mûr examen se sont convaincus qu'en matiere de Religion il n'y a qu'une seule vérité dont les hommes puissent s'assurer, l'existence d'un Etre suprême.

J'appelle Déistes composés les Sectateurs de toutes les autres Religions soit dominantes soit particulieres, qui ajoutent à cette vérité unique la croyance prétendue à d'autres objets contradictoires avec les lumieres naturelles, & qui par cette seule considération rentrent nécessairement dans la classe des Déistes simples; car comme les objets dont il s'agit ne peuvent s'accorder avec la raison, il s'ensuit qu'ils ne peuvent y ajouter véritablement foi : en effet croire, c'est être persuadé de l'existence d'un objet; en être persuadé, c'est en avoir une idée; en avoir une idée, c'est en avoir une perception claire, *Idea est clara rei perceptio*. Or, comme les objets dont est question sont contradictoires avec nos lumieres naturelles, il s'ensuit que les Déistes composés n'en peuvent avoir une perception claire, par conséquent nulle idée, & enfin qu'ils ne peuvent véritablement y ajouter foi. Ils s'imaginent croire, ils croyent, ſi l'on veut à des mots, à des ſons, à des êtres de néant. Or croire à des êtres de néant & ne rien croire, c'eſt la même choſe, puiſque le néant & rien ſont ſynonimes. Donc les Déiſtes compoſés ne croyent en effet que ce que croyent les Déiſtes ſimples : donc ils rentrent dans leur claſſe : donc le pur Déiſme eſt la ſeule Religion de l'univers.

99.

S'il eſt vrai qu'il y ait un jugement dernier, & des ſupplices éternels pour les réprouvés, alors tout ſera conſommé : mais je demande qui de l'Etre Suprême, ou de l'Ange des ténebres, aura joué le plus grand rôle, & ſera reſté le maître du champ de bataille ?

Satis triumphat veritas ſi apud paucos, eoſque bonos accepta ſit, nec ejus indoles placere multis. J. Lipſ.

www.ingramcontent.com/pod-product-compliance
Ingram Content Group UK Ltd.
Pitfield, Milton Keynes, MK11 3LW, UK
UKHW021911290826
14628UKWH00020B/2054